LES AVEUX DE M. LE COMTE D'........

Ou le Secret des Bâtimens du Roi dévoilé.

IL faut donc que je la prenne cette plume, provoquée par la clameur publique (1), qui vingt fois déja s'est refusée à seconder les élans de ma douleur et de mon repentir !

Il faut donc que je les étouffe ces cris tumultueux d'une âme fiere et hautaine, qui, encore agitée des mouvemens convulsifs d'une vanité mal entendue, se souleve contre la nécessité qui m'y contraint !

Il le faut, sans doute, puisque les regrets, dont ma sincérité peut être suivie, le cedent, en ce moment, au cri d'une conscience pressée par le remords, à la voix d'un Public impérieux dans ses desirs, au vœu d'une Nation devenue

(1) Voyez l'Observateur, n°. 42.

forte par ses malheurs. Il le faut enfin, puisque, pour un coupable, l'aveu de ses fautes est un titre à l'indulgence, un moyen sûr de les faire oublier.

Le temps marqué par le destin de la France est arrivé, où les ténebres du mensonge doivent se dissiper, où le soleil de vérité doit se lever, pour en percer le nuage épais, et venir éclairer notre horison politique. L'Assemblée nationale est aujourd'hui, pour la France, ce qu'étoit, pour les Troyens, la statue de Minerve; pour les Israélites, l'Arche du Seigneur; c'est l'emblême mystérieuse de cette Eglise militante, contre laquelle les portes infernales du despotisme et de l'aristocratie, ne pourront plus prévaloir; c'est un foyer commun de lumieres et de patriotisme, où se préparent des foudres, plus redoutables aux déprédateurs modernes, que ne l'étoient, contre les géans, ceux fabriqués au maître du tonnerre, dans l'antre du Mont Etna.

Au risque d'en être foudroyé moi-même, je viens tenter à rendre le foyer national plus actif et plus étendu; je viens l'alimenter d'un feu nouveau, en y déposant les élémens de toutes les connoissances relatives à l'administration qui m'a été confiée ; puissent mes co-déprédateurs, dans les finances, avoir le courage d'imiter mon exemple ! La Nation, éclairée sur l'étendue de tous ses maux, en trouvera plus facilement les moyens d'y remédier. C'est de la réunion des rayons épars et inapperçus dans l'immensité des cieux, que se forment ces faisceaux de lumiere, qui éclairent et échauffent l'univers.

Pour mettre de l'ordre dans la disposition du tableau de mes erreurs, pour rendre ce tableau plus utile à la Nation, dont il ne me reste qu'à réclamer l'indulgence, je donnerai d'abord le détail de tout ce qui regarde l'administration des bâtimens du Roi, ainsi que le plan adroitement combiné et fidellement exécuté, pour en faire une source abondante et inconnué, de déprédations et d'abus.

J'indiquerai ensuite l'aliénation de tous les Domaines du Roi, celle du moins de tous ses bâtimens, comme le seul moyen d'en tarir la source.

Je développerai enfin la réforme à faire dans cette administration, dans le cas où on jugeroit convenable et nécessaire d'en conserver une.

C'est en dévoilant ainsi tout ce que j'aurois intérêt de tenir caché, que le Public sentira mieux le prix de ma sincérité ; puissent les efforts qu'il me faudra faire pour vaincre ma vanité, ce tyran de tous les hommes en place, être aux yeux de la Nation indulgente, une expiation suffisante de mes erreurs.

PREMIERE PARTIE.

Le systême d'oppression, dont la France vient d'être délivrée, par une de ces révolutions qui doivent étonner les générations futures, avoit fait de tous les Membres de l'Etat, bien avant mon élévation, des especes de cadavres rangés les uns auprès des autres, en attendant la sépulture ministérielle.

Je visai, dès mon entrée dans le monde, à devenir un de ces Fossoyeurs titrés, chargés d'ensevelir la Monarchie sous les décombres de ses finances. Je savois, d'après un grand politique philosophe, que les grandes places étoient des rochers escarpés, où, pour parvenir, il falloit être une aigle ou un reptile. La Nature ne m'avoit point doué des qualités de la premiere ; mais elle m'avoit donné la tortuosité, la souplesse, l'astuce du dernier : à défaut de grands talens, il fallut bien me servir de ces ressources obscures pour devenir quelque chose ; ce fut par mes assiduités, mes complaisances, mes adulations, auprès des premiers distributeurs des graces, que je parvins à être Directeur général des bâtimens du Roi.

Ainsi que ce Patriarche qui, en mourant, fit passer à son disciple, sa vertu prophétique, M. de Marigny, en terminant sa lésineuse carriere, me laissa son esprit, ses goûts, son secret, pour faire, de la chose publique, mon affaire personnelle ; la route m'étoit tracée ; il ne me fut pas difficile de la suivre : à l'appui de mes dispositions heureuses, je trouvai des Agens de l'administration précédente, empressés à seconder mes vues, à me conduire, comme par la main, dans toutes les routes ténébreuses de cet inextricable labyrinthe : je fus bientôt au fait des moyens de mettre, à ma discrétion, une partie des finances du trésor public. Je m'en servis pour flatter les grands, intéresser les petits, me donner enfin cette consistance et cet aplomb nécessaires pour me faire marcher, d'un pas ferme, dans la carriere, que la fortune venoit d'ouvrir devant moi.

Une plume officieuse vient de publier que la dette des bâtimens du Roi s'élevoit à *vingt millions*. Je chercherois en vain à dissimuler cette plaie de l'Etat ; mais pour vouloir éclairer la Nation sur la profondeur de ses maux, je ne puis, ni ne dois porter l'héroïsme de la sincérité, jusqu'à me charger, moi-même, de toutes les iniquités d'autrui.

S'il est vrai que la dette du Département des bâtimens du Roi soit de *vingt millions*, il n'est pas moins vrai que, sans vouloir troubler les cendres des morts, une grande partie de cette dette s'est formée sous le ministere de mon prédécesseur ; il n'est pas moins vrai que la Nation, à cet égard, a un moyen de connoître laquelle des deux administrations, de mon prédécesseur, ou de la mienne, a été la plus vicieuse, en appelant, par la voie de l'impression, les créanciers de ce Département, à l'époque de 1774, ou à celle du décès de M. de Marigny, ainsi que ceux qui le sont devenus depuis ; cette marche produira le double avantage de fixer au juste la dette actuelle des bâtimens du Roi, et les abus respectifs de l'une et l'autre administration.

Quoi qu'il en soit, il s'agit moins, dans ce moment, de savoir qui, de mes prédécesseurs ou de moi, a le plus contribué à grossir cette dette, que de connoître par quelles causes elle a pu devenir aussi énorme, malgré les sommes considérables versées par le trésor royal, pour frayer aux dépenses de ce Département. C'est le point sur lequel je ne veux pas que ma sincérité puisse être prise en défaut.

La recette fixe des bâtimens du Roi est de trois millions par chaque année ; cette somme étant insuffisante pour les vastes projets des Administrateurs, il falloit bien recourir à des prétextes pour augmenter cette recette ; ces prétextes, on les trouvoit dans les travaux extraordinaires, dont la nécessité étoit bientôt démontrée ; cette nécessité, constamment supposée tous les ans, faisoit que le trésor royal versoit annuellement dans la caisse du Département, une somme de quatre à cinq millions.

Il est facile de concevoir comment, malgré cette fixation d'une somme annuelle de trois millions, les versemens annuels du trésor royal pouvoient être de quatre à cinq. Le tableau des ouvrages réglés, et celui des travaux éventuels, étoient le thermometre de ces versemens ; ce thermometre haussoit ou baissoit, suivant les besoins personnels, ou les spéculations importantes dans lesquelles se trouvoient engagés ceux qui faisoient les recettes ; c'est toujours d'après ces données, que les tableaux étoient dressés. Si le Ministre des finances se plaignoit de ces excédens, si quelquefois même il se permettoit de demander des comptes, on les lui promettoit, mais les prétextes ne manquoient pas pour les éloigner. Devenoit-il pressant, on lui donnoit des apperçus, des brefs états, qui dispensoient de produire les pieces à l'appui. Arguoit-il enfin tous les moyens d'insuffisance, bientôt un *mot à l'oreille* enchaînoit son zele, et le fleuve du trésor royal reprenoit majestueusement son cours.

Si les Directeurs généraux des bâtimens eussent fait faire les travaux dont ils présentoient tous les ans les tableaux ; s'ils eussent payé, à la fin de chaque campagne, les mémoires des ouvriers, ce jeu trop simple de recette et de dépense, n'eût pu devenir une source abondante de profits pour eux et leurs subordonnés ; il falloit donc imaginer une tournure, d'après laquelle, en ne payant point, ou en payant très-peu, on eût l'air de payer beaucoup ; le moyen ne fut pas difficile à trouver. On supposa, d'un côté, plus de travaux qu'il n'en avoit été fait ; de l'autre, sur des mémoires considérables, on ne donnoit que de très-légers à-compte : par un méchanisme aussi simple, l'argent du Roi et du Public restoit dans la caisse des bâtimens ; le premier Commis, ou le Trésorier, le faisoit valoir, d'abord à son profit, ensuite au profit des Chefs, et de tous ceux qu'on étoit obligé de mettre dans le secret : les uns et les autres trouvoient, dans le produit respectif de cette circulation, de quoi faire bâtir ces palais, acheter ces places importantes, se donner enfin ces tons fastueux de sous-Ministres, qu'on remarque particuliérement dans tous les personnages attachés à l'administration des bâtimens du Roi.

Un coupable, qui avoue ses torts, n'ést assurément tenu de produire les preuves des abus qu'il confesse. Cependant, puisque tous ceux qui tiennent à l'administration des bâtimens, sont compris dans ma déclaration ; puisque cette déclaration est autant celle de mes prédécesseurs et de mes adjoints que la mienne, je dois mettre la Nation à même de s'assurer de la vérité de tous les faits qu'elle contient.

Il semble d'abord que le Directeur général des bâtimens, qui, outre son traitement de quarante mille livres, avoit encore les deux sols pour livre de tous les travaux, loin de chercher à en diminuer le nombre et l'étendue, auroit eu le plus grand intérêt à les multiplier. Cette considération, je l'avoue, m'avoit fait balancer d'abord si, d'après cet avantage certain, je suivrois les erremens de mes prédécesseurs, sur l'usage de supposer des travaux qui n'auroient pas été faits, ou d'enfler ceux qui auroient été exécutés. Mais tout bien calculé, j'ai senti qu'un intérêt de sept ou huit pout cent, même un simple intérêt de cinq pour cent, étoit préférable à l'avantage des deux sols pour livre, parce qu'il laissoit toujours à ma discrétion, le maniement de sommes considérables; parce qu'il me mettoit à même de multiplier le nombre de mes créatures et de mes partisans, par les services, que mon empire sur une caisse abondamment garnie, me procuroit la facilité de rendre ; parce qu'enfin cet avantage m'étoit commun avec tous mes subordonnés ; et qu'en général il est de la grandeur de faire le bien de tout ce qui l'entoure

Il seroit impossible, sans doute, en remontant à des tems éloignés, de faire faire l'état et l'estimation de tous les bâtimens ordonnés et exécutés depuis plusieurs années. Les uns ne subsistent plus, ou ont changé de forme, par la versatilité des goûts et des idées de ceux pour qui ces travaux ont été faits ; les autres sont dans un état de dépérissement, qui rend impratiquable leur estimation originaire ; mais je citerai un seul fait, qui, en prouvant la vérité de tous les autres, me dispensera d'entrer dans de plus longs détails sur cette matiere.

Tout le monde se rappelle la fameuse construction du rocher des bains d'Apollon, lors de la nouvelle forme du jardin de Versailles ; de l'aveu des connoisseurs et gens de l'art, cet ouvrage est manqué ; la dépense, qu'il a dû occasionner, ne s'éleve pas à plus de *trois cents mille livres*. Il est de fait, cependant, que ce chef-d'œuvre de l'ignorance des Artistes, et de la cupidité des Chefs de l'administraion des bâtimens, est porté, m'a-t-on assuré, sur les états, à *douze ou treize cents mille livres.* Cet échantillon est une donnée suffisante pour juger toutes les autres opérations de cette administration adéphage.

La Nation n'a malheureusement que trop de preuves de la réalité du second moyen de déprédation et d'abus dont j'ai parlé, pour qu'on puisse regarder comme hasardée, l'assertion que je viens d'en faire. Voici tout le jeu de ce moyen employé avec tant de succès.

Un Entrepreneur, soit Maçon, Charpentier, Menuisier, Serrurier, ou Couvreur, avoit fait, je le suppose, pendant l'année 1786, pour vingt mille livres d'ouvrage; son mémoire produit en Janvier 1787, et censé devoir être réglé en Avril, ou Mai suivant, éprouvoit d'abord des lenteurs pour le réglement; si, pressé par le besoin, l'Entrepreneur se hasardoit à solliciter un paiement, on lui donnoit pour à compte, à l'expiration de dix-huit à vingt mois d'avances qu'il avoit faites, *quinze à dix-huit cens livres*; en Janvier 1788, il produisoit également son mémoire de 1787, dont le montant s'élevoit encore à dix-huit à vingt mille livres, il recevoit alors, à la fin de 1788[1], deux ou trois mille livres; ensorte qu'un Entrepreneur à la troisieme année, sans y comprendre la courante, surplus de quarante mille livres de mémoires, n'avoit reçu, après deux ans, qu'un à compte de 4 à 5000 liv. au plus.

Cette stagnation des fonds dans la Caisse des bâtimens, ou plutôt leur déviation à l'usage particulier des chefs de cette administration, ne se faisoit pas seulement au préjudice des Entrepreneurs; on étendoit la vexation jusques sur les gages des Commis de toute espece, des Concierges, des Jardiniers, des Portiers, etc. Tous ou presque tous ne recevoient qu'une année de gages, lorsqu'il en étoit dû trois ou quatre; ensorte que des fonds assignés à ceux qui souvent n'avoient d'autres ressources pour exister, ne servoient qu'à multiplier le superflu des premiers Commis, et des chefs.

La preuve sur tous ces points, n'est pas difficile à acquérir; qu'on demande la représentation des piéces, mémoires, et quittances, ensemble celle des travaux ordonnés, depuis vingt années, avec les récépissés de Caisse au Trésor-royal, la comparaison qu'on en pourra faire, justifiera que les travaux et gages des employés ont pu être acquittés sur la recette de cent millions faite depuis cette époque, et que si cette administration est en debet de *vingt millions*, c'est parce qu'elle a détourné, à son profit, des sommes destinées au paiement des Entrepreneurs et gagistes ; je ne veux citer qu'un fait à l'appui de cette derniere assertion.

Il y a plus de trente-quatre ans que la salle d'Opéra de Versailles est commencée, il y en a plus de vingt-cinq que les mémoires de cette entreprise ont été présentés à la vérification, cependant les mémoires, dans le moment où j'écris, sont l'objet du travail et de l'examen des vérificateurs ; la raison de ces lenteurs, qu'il n'est pas possible de prolonger plus long-temps, n'est pas difficile à sentir, ce sont les administrations précédentes qui ont profité de ce défaut de paiement : il est bien dur pour l'administration actuelle, d'acquitter la dette des autres, lorsqu'elle a tant d'intérêt à ne pas même acquitter les siennes.

On concevra difficilement, peut-être, comment la supposition des travaux prétextés et non faits, ou portés au-delà de leur valeur, comment celle d'à-comptes légers, sur des mémoires considérables, peuvent s'accorder avec ces Inspecteurs Généraux, ces Contrôleurs, ces Vérificateurs chargés d'estimer, de constater les ouvrages, avec ce besoin des Entrepreneurs de recevoir le montant de leurs entreprises; avéc ces plaintes, ces réclamations qui n'eussent pas manqué de suivre les lenteurs ou les refus qu'ils auroient éprouvés.

Il n'y a que les personnes peu au fait des administrations, qui puissent envisager toutes les circonstances comme des obstacles insurmontables à l'exécution du plan de déprédation dont je viens de rendre compte.

Toutes celles un peu instruites des matieres de finances, et des tournures administratives, savent que toutes ces charges abusives sous plus d'un rapport, dont la création n'a été qu'une ressource imaginée dans des temps de disette, n'ont aucun exercice réel; que ceux qui en sont revêtus, n'ont cherché qu'à jouir des prérogatives odieuses qu'on a eu soin d'y attacher; que si quelques-unes ont, en effet, des fonctions réelles, ceux qui les exercent sont dans une dépendance si souveraine du Directeur - Général, et du premier Commis, qu'ils ont grand soin de ne rien entreprendre, de ne rien faire qui puisse déplaire aux uns et aux autres; qu'avant même de remplir ces fonctions, ils viennent humblement prendre, du premier Commis, l'ordre d'après lequel ils doivent agir; peut-on supposer, d'après cela, que des êtres passifs, qui n'ont d'impulsion que celle qu'ils reçoivent, osent contrarier des dispositions arrêtées dans la profondeur de la sagesse des chefs et de leurs *Burocratistes*.

A l'égard des Entrepreneurs, dont on regarde les réclamations comme un obstacle aux délais trop prolongés de l'acquittement de leurs mémoires, voici le motif très-puissant de leur patience et de leur silence.

Les prix alloués aux Entrepreneurs des bâtimens du Roi, sont toujours d'un tiers au-delà du prix des travaux pour les particuliers; cette hausse de prix est le gage de leur silence sur les délais qu'on leur fait éprouver; si malgré cet avantage, ils deviennent pressans pour leurs paiemens,

le

le premier Commis leur observe, avec toute la morgue que lui inspire sa qualité de *Gouverneur de la Samaritaine*, que la fixation des prix que le Roi leur alloue leur est assez favorable, pour « supporter des » retards ; que s'ils s'obstinent à ne vou» loir plus les consentir, les travaux se» ront confiés à des Entrepreneurs, plus » patients, ou plus en état de l'être ». Ces raisons décisives pour la cupidité, en répriment les plaintes, et le créancier est forcé d'attendre le moment de la bonne volonté de son débiteur.

On doit être impatient d'apprendre comment la dette de l'administration des bâtimens du Roi peut s'élever à une somme de *Vingt millions*, lorsque le plan même d'administration, dont je viens de rendre compte, en supposant un emploi momentané de ses recettes, à des objets étrangers au paiement des Entrepreneurs et des gagistes, suppose aussi, pour les administrateurs, des gains considérables par les intérêts de la circulation et la rentrée des capitaux, à des époques fixes, qui, tôt ou tard, ont dû rétablir le niveau entre l'actif et le passif de cette administration.

Les Administrateurs des bâtimens sont les seuls qui puissent donner en effet la solution de ce problême, difficile à résoudre; ma franchise m'inspire le courage de ne pas faire attendre au Public le mot de l'énigme.

Tôt ou tard, sans doute, le vuide de la caisse seroit rempli, si on eût toujours eu soin d'en proportionner les rentrées aux sorties; sans doute que cette proportion eût été possible, si les Chefs et les *Burocratistes* eussent borné leur luxe et leur dépense, aux produits cumulés de leurs gages et de l'intérêt de l'argent, en circulation; sans doute enfin que le délai des paiemens arriérés, eût été le seul inconvénient du plan adopté, si de fausses spéculations d'agiotage et d'entreprises n'eussent englouti bien des fois, les capitaux, et les intérêts; mais toutes ces causes réunies ont toujours été un obstacle insurmontable à la balance de la caisse; quelques détails sur chacune de ces causes acheveront d'en convaincre.

Obligé, par état, de me livrer à l'étude de l'Architecture, entouré, tous les jours, de personnages qui me présentoient des plans extraordinaires de constructions, d'un genre inconnu ; maître de disposer, à mon gré, de tous les Architectes, Entrepreneurs, Artistes, et Ouvriers, et de faire passer sur le compte du Roi tous les ouvrages qui pourroient être faits à mon profit, il étoit bien difficile qu'il ne me prît pas l'envie, un jour, de travailler pour moi-même ; ma maison des Etangs-Gobert, qui n'étoit auparavant qu'une très-petite propriété, me parut le sol sur lequel je devois asseoir les idées d'ostentation et de luxe dont j'étois travaillé depuis long-temps. Je conçus le projet d'en faire un endroit délicieux, propre à rivaliser les plus belles et les plus riantes maisons de plaisance d'un Souverain. Je mis à contribution tout ce que l'Architecture et les Arts ont de plus recherché : tout le monde sait que c'est aujourd'hui le réduit le plus voluptueux qui existe en France ; Dieu seul, et moi, savons à quoi montent les dépenses que cette fantaisie m'a occasionnées. Or ces dépenses ne pouvant convenablement être prises, ni sur mes honoraires, ni sur le produit des intérêts de la circulation, qui avoient une autre destination, il a bien fallu y employer les fonds de la caisse des bâtimens, *indè prima mali labes.*

Les effets royaux, on le sait, sont devenus un objet de négociation pour les Capitalistes de toutes les classes du Royaume. Le Prince, le grand Seigneur, les Prélats; tous les Ordres enfin, ont, plus ou moins, participé à l'engouement général qu'ils ont occasionné : l'Etat s'est vu condamné, par le désordre de ses finances, à l'opprobre de voir se former sous ses yeux une classe de joueurs téméraires, se jouant de sa détresse, calculant les lueurs de ses améliorations, ou les probabilités de sa décadence, affoiblir ou fortifier par de fausses insinuations, par des bruits mensongers l'opinion des gênes de la fortune publique et du vice des opérations ministérielles, augmenter par ce moyen ou diminuer le prix que l'imagination donne aux effets royaux, et faire de ces spéculations ignominieuses pour la France les motifs de mille opérations hasardées, qui dans un jour ont servi à élever ou à abattre l'édifice de fortunes immenses.

Je n'ai pu résister aux pressantes sollicitations du premier Commis des bâtimens, qui, d'après ses succès dans quelques-unes de ses tentatives dans cette partie, me paroissoit avoir un esprit familier qui l'instruisoit à temps de la hausse ou de la baisse des effets, pour s'en défaire ou les accaparer à propos, je crus ne pouvoir mieux faire que de l'autoriser à voguer à pleines voiles, sur cette mer, fertile en nauffrages; Il s'y lança, en effet, avec la confiance d'un Pilote qui en connoît tous les écueils. Son esprit familier lui manqua au moment où il avoit le plus besoin de son secours; une fausse spéculation détruisit tout le succès des précédentes, et ce fut encore la caisse des bâtimens qui paya ma complaisance et ses sottises.

Je sais que des esprits jaloux et mal intentionnés ont indiqué, pour troisieme cause de l'altération des fonds de la caisse des bâtimens, des spéculations sur l'accaparement des bleds : d'après mes aveux précédens, on ne soupçonnera pas de réticence combinée, la dénégation formelle que je fais ici de cette accusation calomnieuse; une spéculation, ainsi fondée sur le projet d'une disette publique, et du malheur des peuples, ne fut jamais ni dans mes principes, ni dans mon cœur.

Une derniere cause du dépérissement de la caisse des bâtimens, se trouve encore dans les sacrifices multipliés qu'il m'a fallu faire en faveur de personnages importans de la Cour, dont les besoins et les caprices renaissoient tous les jours, qui mettoient à un très-haut prix la continuation de leur bienveillance et de leur protection. Pour être sincere, je ne dois point ici être indiscret. Tout ce que je puis dire, à cet égard, c'est qu'à la Cour la protection est un instrument dont on ne peut tirer des sons sans engraisser l'archet, et donner à toutes les cordes un état de vibration et d'harmonie.

SECONDE PARTIE.

L'aveu que je viens de faire de mes erreurs, seroit d'un bien stérile avantage pour la Nation, s'il n'avoit pour but que de l'éclairer sur la nature et les causes des maux dont elle est, en ce moment, la malheureuse victime. Qu'importe, en effet, à la France, de savoir par quelle voie ceux qui avoient conspiré sa ruine, sont parvenus à la consommer, si l'aveu des moyens dont ils se sont servis, ne tend qu'à désigner ceux sur qui elle doit faire tomber le poids de son exécration et de son mépris ?

Quelque pressé que je fusse par mes remords, cette considération, je l'avoue, eût réprimé les élans de ma douleur et de ma franchise; si je n'eusse eu à présenter à la Nation que le tableau désespérant des abus d'une administration déprédatrice, je me serois contenté d'aller subir, en silence, sur quelques rochers escarpés, le supplice de Prométhée, puisque plus coupable que ce Pere des humains, j'ai enlevé à la terre, le feu, seul propre à la féconder, à lui donner du ressort; mais je viens offrir à la France les moyens de trouver sa guérison jusques dans ses maux: en sondant la profondeur de ses plaies, je viens moi-même y appliquer le remede: cette maniere de manifester mon zele, ne peut laisser de doutes sur la sincérité de mon repentir; puisse-t-elle être aussi le gage de l'indulgence du Public et de mon pardon!

Trois moyens se présentent; aussi puissans, aussi efficaces les uns que les autres, pour combler une partie du déficit qu'ont occasionné en général les mauvaises administrations des Domaines.

Le premier, est l'aliénation de tous les Domaines fixes et casuels du Roi.

Le second, l'aliénation du moins de tous les Châteaux, Maisons royales et bâtimens inutiles qui en dépendent.

Le troisieme, la création d'une Chambre nationale de discussion et de recherche pour opérer la restitution, au profit de l'Etat, de toutes les fortunes élevées au détriment du fisc, et sur-tout la rentrée des Domaines usurpés, ou illégalement concédés.

Je vais reprendre chacun de ces moyens en détail.

Si je n'avois à parler de l'aliénation des Domaines, que d'après la marche de nos Dissertateurs modernes, qui, sur cette matiere, ne font que se traîner languissamment dans des routes déja frayées, j'avoue que le Public auroit à me savoir bien peu de gré de mes efforts. J'ai trop de motifs de respecter son temps, et de ne pas mal employer le mien : pour ne lui présenter ici que des idées vagues et rebattues, je vais donc établir la nécessité de cette aliénation, d'après des données inconnues au plus grand nombre, c'est-à-dire, d'après la preuve que ces Domaines sont à charge au Roi, dans l'état des choses ; et que la vente qui en seroit faite, deviendroit une source de bonifications et d'économie dans le système de réforme actuellement accueilli.

On apperçut, en 1773, un crépuscule d'amélioration sur les Domaines, par la division qu'on en fit alors par Provinces, ou Généralités, en baux de trente années, sous le nom de *baux de Sausseret* ; si les conditions qui furent agréées eussent été exécutées, elles eussent mis le Roi en état d'effectuer aujourd'hui le remboursement de près de cent millions de finances, et une augmentation considérable dans les revenus de ses Domaines, qui seroient devenus absolument libres et réunis : les révolutions, arrivées en 1774, provoquerent des changemens ; on réunit, sous le titre de *régie Berthaux*, tous les objets de ces baux, à l'exception des conditions avantageuses à l'Etat et au Public. Le résultat de cette régie fut d'opérer une recette de *quatorze à quinze cens mille livres*, et d'absorber en frais de dépenses, et charges de toute espece, deux millions cinq cens mille livres.

Pour masquer le déficit révoltant de cette régie, on imagina, en 1780, de former une administration générale, qui, en réunissant les Domaines, droits domaniaux fixes et casuels, aux Domaines impôts, ne forma plus qu'une seule administration. Ce moyen eut son effet ; le produit du Domaine impôt, servit non-seulement à couvrir le déficit du Domaine fixe, mais encore à faire, aux Administrateurs de ces deniers, un sort qu'ils partageoient avec les premiers dans les excédans du produit.

La base sur laquelle repose la vérité de ces différentes assertions, ne peut paroître équivoque, elle est tirée du Mémoire du sieur de Calonne, à l'Assemblée des Notables, dans lequel il annonce que par le dernier état des choses, les Domaines fixes et casuels ne produisoient que 2,292916 liv. et qu'ils coûtoient annuellement au Roi, 2,500000 livres, c'est-à-dire, que la dépense en excédoit la recette de *trois cens mille livres*.

Il résulte de ces faits deux conséquences, bien intéressantes à saisir ; la premiere, que le déficit énorme que présente aujourd'hui l'administration des Domaines, n'existeroit pas, si les baux de *Sausseret* eussent eu leur effet, puisqu'ils donnoient un produit de 2,200000 liv. sans aucuns frais de régie au compte du Roi ;

puisque Sa Majesté auroit été, sous peu d'années, dans le cas de ne rien devoir sur les finances d'engagement, puisqu'elle auroit, à son trésor royal, la perte faite jusqu'au premier Janvier 1789, montant à 9,207924 liv. Plus, depuis 1775, époque desdits baux, quatorze années, à 2,200000 livres, qui donnent 30,800000 livres; ce ce qui fait un total de 40,007924 livres, indépendamment des produits éventuels dans lesquels Sa Majesté étoit intéressée, de la tranquillité des Engagistes, et des plantations que chacun des détempteurs se trouvoit obligé de faire, sur les possessions; opération d'autant plus importante, dans beaucoup de Provinces, que ces productions sont à la veille d'y manquer, sans aucun espoir d'un soulagement prochain.

La seconde, que, d'après les pertes que le Roi a éprouvées sur ses domaines, et dont on vient de démontrer l'évidence, les Administrateurs de cette partie n'auroient dû jouir des bénéfices d'aucuns produits, puisque le Roi étoit en perte, du premier Janv. 1778 au premier Janv. 1789, de 2,277924 livres; que cependant chaque *sol* à répartir, année commune, a donné

70000 l. ; de sorte que les dix Administeurs particuliérement chargés du Domaine fixe et casuel, ont eu annuellement 70 mille livres dans les excédans de produit du Domaine impôt ; ce qui fait, par chaque année, la somme de 770 mille livres, et pendant dix années, 7,700000 mille livres ; qui joints à la perte annuelle de 2,277924 livres, donnent, en perte, au trésor royal, 9,977924 livres.

Ces calculs ne peuvent être révoqués en doute ; leur exactitude est prouvée par le Mémoire du Contrôleur général, présenté à l'Assemblée des Notables ; la vérité du bénéfice personnel des Administrateurs est prouvée par leurs états de répartition, et par ceux des excédans de produits qui auroient été plus considérables pour le Roi, pendant dix années, si dix Administrateurs n'avoient pas séparé entr'eux un produit, qui s'est monté, pendant cet espace de temps, à 7,700000 livres. La perte enfin que le Roi fait par l'inexécution des baux de *Sausseret*, sera prouvée par la représentation des minutes de ces mêmes baux, qui existent, quoiqu'ils aient été annullés pour leur effet.

Je ne dirai qu'un mot de la maniere

d'opérer l'aliénation des Domaines fixes, parce que cette matiere n'a qu'un rapport indirect à mon objet, et que des plumes plus instruites en ont dissertement parlé.

Se battre aujourd'hui les flancs pour parvenir à démontrer que ce n'est point par des inféodations que cette aliénation doit s'opérer, ce seroit ressembler à ces Héros de la Chevalerie, qui se créoient des monstres pour les combattre. Le systême féodal est devenu, à trop juste titre, l'hydre de la Nation, pour craindre qu'elle ne rejette pas avec horreur tout ce qui pourroit en perpétuer les abus : l'inféodation tend à une investiture de fief d'un bien roturier, qui conduit nécessairement à créer des vassaux, dont les biens seroient mouvans d'un Seigneur immédiat, qui percevroit par conséquent les mouvances, au détriment du Roi ; c'est-là l'inconvénient qu'il est très-intéressant d'éviter dans l'aliénation des Domaines : or ce n'est que par des accensemens qu'on peut y parvenir.

Une miéleuse diatribe, sous le titre modeste de *Lettre confidentielle et consolatrice au Grand-Maître des Eaux et Forêts au Département de Paris*, propose

« une aliénation des forêts du Roi, en » rentes en grains, proportionnelles à la » valeur du fonds, avec l'obligation aux » Adjudicataires, de conserver et entre» tenir les bois en bon état, à peine d'être » condamnés en amende, et résiliation » d'accensement ».

Ce moyen, appliqué, avec toutes les modifications convenables, aux autres objets domaniaux de toute espece, paroît la seule voie propre à faire, d'objets stériles et onéreux, une ressource certaine de produits abondans : l'application de ce moyen aux droits seigneuriaux casuels, qui en paroissent le moins susceptibles, pourroit se faire en cette maniere.

Il s'agiroit d'abord de fixer et faire reconnoître la quantité d'arpens de mouvances que le Roi possede dans le Royaume : pour y parvenir, il suffira que tous les Seigneurs particuliers représentent aux Etats provinciaux respectifs, ou aux personnes préposées à cet effet, les aveux anciens et modernes, rendus à leurs Seigneuries, et ceux qu'eux-mêmes ont rendus à la Chambre des Comptes ; de la confrontation de ces aveux, avec ceux du Roi, résulteroit la reçonnoissance certaine de ces mouvances, dont il seroit fait alors une évaluation de produit d'une année commune sur vingt, pour déterminer un revenu annuel, que l'on fixeroit en redevance en grains, payables néanmoins en argent, sur l'estimation qui en seroit renouvellée tous les dix ans : d'après les mercuriales du marché le plus prochain des lieux, il seroit fait encore une inféodation de ces mouvances sous telle dénomination de fief qu'il plairoit à l'acquéreur; de sorte que le Roi resteroit possesseur des rentes qui lui donneroient une certitude de revenu tous les dix ans, sans aucune dépense pour les procès que ces objets entraînent dans l'état présent des choses.

A l'égard des Domaines corporels, si la vente effective paroissoit impraticable dans le moment, leur division par Généralités, et leur adjudication en baux de 30 ans, avec toutes les clauses insérées dans les baux de *Sausseret*, dont on a parlé, seroit le meilleur moyen d'opérer une amélioration sûre et prochaine dans cette partie des Domaines du Roi. Cette forme d'administrer les Domaines, par compagnies, n'empêcheroit pas les aliénations partielles que des circonstances particulieres pourroient rendre avantageuses, en dédommageant les Adjudicataires, à raison du prix de la vente qui seroit faite. Je suis obligé de n'indiquer ici que rapidement les objets, pour ne point être diffus.

J'ai annoncé pour second moyen, de combler le vuide de la caisse de bâtimens du Roi, l'aliénation des Châteaux, Maisons royales et bâtimens inutiles qui en dépendent. Cet article étant l'objet le plus important de mon administration, on ne doit point être surpris de tous les détails dans lesquels cette discussion va me forcer d'entrer.

En prétendant établir la nécessité de l'aliénation des Châteaux, Maisons royales et bâtimens qui en dépendent, on ne doit pas croire que je veuille comprendre dans cette aliénation les Maisons royales qu'il plaît au Roi d'aller habiter dans certaines saisons de l'année. Quelle que soit la détresse actuelle de la France, il est de la splendeur de la Nation, de ne pas circonscrire celle de son Monarque dans des bornes trop resserrées, et d'avilir ainsi par une stupide parcimonie la majesté du Trône. Il est de la dignité de la Nation au contraire, de son amour pour ses Rois, de diversifier,

de

de multiplier, autant qu'il est en elle leurs moyens de délassement et de plaisir. L'aliénation, dont je veux parler, ne peut donc avoir pour objet que ces Châteaux royaux antiques, inhabités par le Souverain, érigés en Gouvernemens onéreux à l'Etat, en faveur des grands et des courtisans, qui absorbent des sommes immenses en réparations, et ne sont destinés qu'à servir de lieu de retraite aux valets de leur maison.

Je ferois un volume énorme si j'entreprenois de présenter ici le tableau des abus qu'entraînent après eux tous les Gouvernemens érigés (par la complaisance) en faveur de l'adulation et de la cupidité, ainsi que du produit qui résulteroit de toutes ces aliénations ; je me contenterai de citer, en exemple, le Gouvernement le plus abusif, le Château de S. Germain : le résultat de l'examen de ce seul objet offrira une donnée d'après laquelle il sera facile de se convaincre du produit énorme que présenteroit la totalité des aliénations dont il s'agit.

On regardera peut-être comme un paradoxe cette assertion que je me crois fondé à faire, que l'aliénation de bâtimens inutiles pour les chasses du Roi, à S. Germain seulement, produiroit une rentrée effective de près de quatre millions, et une économie annuelle de plus de *trois cents mille livres*, tant par la suppression des réparations, que des honoraires des Gagistes et du Gouverneur. Voici la preuve de cette vérité incontestable.

1°. Le Château de S. Germain, nommé le Château vieil, vendu, à la charge par les acquéreurs, de pourvoir au comblement des fossés qui l'entourent, donneroit un produit de deux millions environ, ci . . . . 2,000000 liv.

L'avantage pour l'Etat de l'affranchissement de son entretien annuel, seroit de 60 à	70000
2°. Le grand Commun, séparé et dépendant du Château, peut être vendu au moins	200000
Son entretien peut coûter.	8000
3°. La Surintendance qui en est une suite, d'après sa position agréable, peut être vendue	200000
	2,478000 l.

Ci-contre..	2,478000 l.
L'entretien, par les fantaisies, les agrémens que demandent les personnes de marque qui l'occupent, est un objet de	10000
4°. Le bâtiment des petites écuries peut être vendu. .	50000
Les réparations qu'elles exigent peuvent être de. .	1500
5°. Le bâtiment et le terrein immense du Vautrait, peuvent être vendus. . .	150000
Son entretien peut s'évaluer annuellement à. . .	6000
6°. Le Chenil, par l'étendue du terrein qu'il contient, est au moins de. .	100000
Ses réparations sont un objet de. . . , . . .	3000
7°. L'Hôtel du Maine, dont l'usage seroit remplacé par celui des deux bâtimens nouvellement construits, est un objet de.	100000
Les réparations qu'il exige, peuvent être de . . .	5000
	2,903500

De l'autre part. . . .	2,903500 l.
8°. La Chancellerie. . .	40000
Les réparations d'icelle. .	1200
9°. L'Orangerie. . . .	30000
Son entretien.	600
10°. Le bâtiment d'une des grilles du chemin du Roi. .	70000
Les réparations continuelles.	3000
11°. Le bâtiment du Contrôleur des bâtimens. . .	60000
Son entretien.	2400
12°. Le Château neuf, et dépendances, au moins . .	500000
	3,610700

Quelques-uns des articles dont je viens de présenter le tableau, exigent des détails dans lesquels je ne puis me dispenser d'entrer, pour lever d'avance toutes les difficultés qu'on pourroit opposer contre l'apperçu ci-dessus.

1°. La premiere difficulté est celle relative à la vente des petites écuries, qu'on s'obstineroit peut-être à vouloir regarder comme essentielles à conserver pour le service des chasses. Cet obstacle cessera d'en être un, si l'on veut ne pas perdre de vue qu'il vient d'en être construit de neuves au haut de la montagne de S. Germain, plus que suffisantes pour l'objet des chasses auquel elles sont destinées.

2°. Au moyen de la suppression déja faite de l'équipage du sanglier, j'ai dû présenter le bâtiment du Vautrait comme un objet devenu inutile et intéressant à vendre, à raison du terrein immense qu'il renferme.

3°. J'ai compris le Chenil dans l'aliénation à faire, parce qu'il pourroit être transféré dans le Manége que je n'ai point placé exprès au rang des objets à aliéner. La construction des grandes et petites Ecuries, rendant cependant en quelque sorte le Manége inutile, il cesseroit de l'être si on le destinoit à l'ébat des chiens, cette translation seroit d'une très-grande économie.

4°. J'ai dû parler de l'Hôtel du Maine, acheté par le Roi, en 1770, parce qu'il est un achat absolument inutile dans son objet, et dispendieux dans son entretien ; il ne sert qu'à procurer des logemens de faveur. Le temps des chasses est celui où on en fait usage pour le service du Roi : les deux bâtimens, nouvellement construits à Saint-Germain, pourroient y suppléer.

5°. Il en est ainsi des orangers qui ne

sont de quelqu'utilité, que pour les Châteaux habités ; le bâtiment destiné à cet objet de luxe, doit donc être regardé comme inutile à S. Germain ; les orangers pourroient être conduits à Versailles ou aux Tuileries ; le parterre, ne pouvant être que d'une modique dépense, continueroit à servir de promenade publique.

6°. De tous les objets dont j'ai proposé l'aliénation, il n'en est point qui doive exciter l'indignation, et peut-être l'animadversion du Gouvernement, comme le bâtiment occupé par le nommé Guy, Portier de la grille du chemin neuf.

Ce corps de bâtiment, qui en comprend plusieurs réunis, y compris les jardins formés et plantés, a l'étendue d'un arpent de terrein environ. On prétexta en 1774 la nécessité d'un Portier, pour ouvrir et fermer une grille, qui, à ce qu'on m'a assuré, n'en est pas moins restée ouverte. Ce prétexte fut imaginé en faveur du sieur Guy, ancien *Laquais* du Gouverneur de Saint-Germain (*), devenu depuis un personnage important, même ennobli, dont le Gouverneur a voulu récompenser, par des actes de haute protection, l'intrigue et l'es-

(*) Voyez les observations sur le Cahier de la Noblesse de Nemours.

pionage. Le sieur Guy savoit qu'en s'affublant de la modeste qualité de Concierge, il s'assuroit une demeure permanente et commode aux frais du Roi ; la cupidité l'a emporté sur son orgueil : le Gouverneur, dont il est en possession de diriger tous les *mouvemens*, sollicita cette place pour son protégé, aux modiques gages de *quatre cents livres*, dont il le dédommagea en lui faisant élever, aux frais du Roi, une demeure qui surpasse, par son faste, celle de bien des grands, et qui a *coûté plus de quatre-vingt mille livres au Roi.*

7°. J'ai compris, et dû comprendre, parmi les aliénations de Saint-Germain, celle du Château neuf, quoique cette partie du Château ait été concédée, en 1777, à Monseigneur Comte d'Artois. Cette concession n'a été faite que d'après un plan du sieur de Sainte-Foi, dont l'exécution commencée, mais abandonnée ensuite par les millions qu'elle devoit entraîner, a absorbé en pure perte des sommes immenses. Les matériaux de cette démolition ont été distribués à tous les protégés du Surintendant déprédateur ; ce qui en reste, sert à prouver la trop grande confiance du Prince, ainsi que l'audacieuse et punissable cupidité de son agent.

Si les aliénations à faire, au seul Château de Saint-Germain, présentent une rentrée de plusieurs millions, et une économie annuelle de près de trois cents mille livres, à quelle hauteur toutes ces sommes ne s'éleveroient-elles pas, si on étendoit cet esprit de réforme sur près de cinquante maisons situées à paris, vouées aux amis et protégés de l'administration des bâtimens du Roi, dont le fonds offre encore un capital de plus de trois millions, et une économie d'entretien de plus de trois cents mille liv., par les besoins toujours renaissans des personnes de marque qui les occupent? A quelle hauteur ne les éléveroit pas encore une pareille recherche à Versailles, Compiégne, Fontainebleau, Marly, Madrid, la Muette, Vincennes, Choisi, Meudon, et autres? C'est-là, où de préférence, et sans rien diminuer de la majesté royale, on devoit porter le tranchant de la réforme, au lieu de venir attaquer en quelque sorte le Trône par des économies puériles, sur tout ce qui l'entoure, par des suppressions d'emplois, qui donnoient l'existence à une foule de personnes, aujourd'hui sans état, sans asyle, et qui réduisent le Souverain à une sorte d'isolation peu digne du premier Monarque de l'univers.

Les pépinieres faisant partie du département des bâtimens du Roi, sont encore un objet de réforme que je ne puis ni ne dois passer sous silence. Elles sont plutôt une pépiniere d'abus pour ceux qui en ont la direction, qu'un moyen de procurer aux Maisons royales l'élite des plantes les plus intéressantes et les plus curieuses. L'Abbé Nolin, plus fermier que pépiniériste, ne les cultive, à grands frais, que pour en disposer en faveur des Seigneurs de la Cour; des Particuliers même les obtiennent, de préférence au service du Roi, pour qui les plus mauvais plans sont toujours mis en réserve. Versailles, Noisi, Bailli, le Roule, Vincennes et autres, sont les champs vastes où viennent moissonner ceux qui ont su se concilier les bonnes graces du Chef. N'y a-t-il pas plus que de l'indécence à voir un ci-devant Chanoine de S. Marcel à douze cents livres d'émolumens, transformé tout-à-coup en grand Seigneur, traîné dans un leste équipage, escorté de laquais, occupant une maison élégante, entretenue chérement aux frais du Roi.

La vente des maisons et terreins sur lesquels toutes les pépinieres sont assises, seroit d'un très-grand produit pour l'Etat: on suppléeroit aux inconvéniens ruineux de l'établissement des pépinieres, en accordant, aux Jardiniers des Maisons royales, un terrein toujours proportionné au jardin confié à leurs soins, pour faire des éleves dans tous les genres, dont ils auroient besoin pour regarnir leurs jardins; mille à douze cents livres annuelles seroient l'augmentation de leurs gages. S'il se présentoit des plantations neuves et importantes à faire, les Administrateurs des bâtimens en feroient la dépense, d'après des prix fixés et arrêtés : au moyen d'un ordre ainsi établi, il y auroit une économie annuelle de plus de deux cents cinquante mille livres; et les pépinieres, quoique n'étant plus dans les mains de M. l'Abbé Nolin, n'en seroient pas moins bien tenues, puisqu'elles le seroient par des personnes du métier, et consommées dans l'art du jardinage.

L'Assemblée nationale se tourne aujourd'hui dans tous les sens, pour trouver le moyen le moins onéreux au Peuple de liquider la dette de l'Etat; tantôt c'est l'appropriation des biens du Clergé qui doit remplir cet objet important; ici c'est le sacrifice du quart du revenu net ; là ce sont des offrandes patriotiques ; ici c'est le sacrifice de l'argenterie des Eglises du Royaume ; là c'est l'établissement d'une caisse nationale et d'un papier monnoie ; par-tout enfin ce sont des plans et des projets dont l'examen absorbe un temps précieux, sans produire une base fixe sur laquelle on puisse élever un édifice certain. Le remede assuré, le remede unique est près de nous, et nous ne le saisissons pas ; l'histoire nous constate l'avantage et l'infaillibilité, et nous feignons de l'ignorer : ne ressemblons-nous point à ces malades qui, travaillés de plénitude, consultent des Empiriques et des Charlatans, pour procurer, par des moyens extraordinaires, une évacuation facile à opérer par des moyens très-simples ?

Il ne m'appartient pas, sans doute, de prétendre m'ériger ici en Précepteur du genre humain ; l'Assemblée nationale est guidée par des lumieres trop supérieures, pour n'être pas assurée qu'elle ne puisera pas, hors d'elle-même, le moyen qui doit sauver l'Etat ; mais, dans l'impuissance où elle est de descendre dans tous les détails des différentes administrations, il est de mon objet de discuter ici par quelle voie le déficit énorme des bâtimens du Roi peut se combler : si la Nation juge à propos de faire, du moyen qui me reste à développer, l'application à toutes les autres administrations du Royaume, j'aurai à m'applaudir, en quelque sorte, de mes torts envers elle, puisqu'ils auront servi à me rendre l'instrument de son salut et de son bonheur.

En proposant l'établissement d'une Chambre de Recherches, pour opérer la restitution des déprédations, et la rentrée des Domaines usurpés, je n'ai point la prétention de proposer un plan nouveau, mais j'ai celle de rappeler un moyen prompt et assuré, pour remédier au mal par le mal même.

On se souvient qu'en 1716, dans un état de détresse des finances, occasionné, comme aujourd'hui, par des prodigalités du Gouvernement, il fut créé une Chambre de Justice, pour rechercher et faire restituer toutes les fortunes mal acquises. Cet établissement, il est vrai, ne corrigea personne, mais il procura beaucoup d'argent à l'Etat ; la circonstance dans laquelle cette création se renouvelleroit aujourd'hui, opéreroit à coup sûr et bien plus de conversions, et bien plus de ressources. S'il étoit de mon objet d'en présenter ici le produit, par l'apperçu de toutes les fortunes mal acquises que je connois, je ne crains point d'en trop dire, en assurant que cette restitution rigoureuse, malgré toutes les latitations des intéressés, suffiroit pour combler, pendant plusieurs années, le déficit annuel de l'Etat; mais je veux, et je dois me renfermer dans les bornes du Département qui m'a été confié; je m'abstiendrai donc, de la discussion des fortunes, pour ne parler que de la restitution des biens usurpés; si ma sincérité provoque contre moi l'indignation de quelques Puissans de la terre, je rirai de leur colere, et je m'applaudirai de mon courage à braver aujourd'hui leur haine, après avoir tant de fois mendié moi-même leur bienveillance et leur protection.

Puisque le Gouvernement de S. Germain est celui qui s'est offert, de préférence aux autres, en exemple du produit qui résulteroit des aliénations des bâtimens inutiles, qui y sont conservés à grands frais, c'est ce même Gouvernement qui va encore servir d'exemple, des grands avantages que l'Etat retireroit de la restitution de tous les Domaines usurpés, et de toutes les déprédations commises.

1°. Les quatre pavillons qui accompagnent et servent à décorer l'Hôtel du Gouverneur à Saint-Germain, font incontestablement partie des Domaines du Roi, puisqu'ils ont été construits en 1755, aux dépens de l'Etat, sous les ordres du Directeur général: or ces quatre pavillons, par l'habitude où sont les Administrateurs des bâtimens de faire payer au Roi le tiers au-delà de la valeur intrinséque des choses, ayant coûté au moins quatre-vingt mille livres, c'est établir les choses à leur juste valeur, que d'estimer chacun d'eux 12500 liv.

Et leur totalité à . . .	50000 l.
Intérêts depuis 1755 . .	85000
2°. D'après le principe, ou plutôt le prétexte, que le Roi ne devant point connoître de mitoyenneté avec ses Sujets, pour séparer le jardin anglais de l'hôtel du Gouverneur, d'avec la forêt, on a fait, pour le compte du Roi seul, la dépense des deux sauts de loup,	
	135000

Ci-contre. . . . . 135000 l.

en 1780, 1784 et 1785, qui peut être évaluée à plus de. . 60000

Les intérêts de cette somme, à partir des époques, est encore de 22000

3°. Sous le prétexte encore d'un objet de peu de valeur, on a démembré la forêt de *soixante arpens*, pour augmenter le domaine du Gouvernement : chacun de ces arpens, plantés en bois, de l'âge de 50 à 60 ans, y compris le fonds du terrein, est de valeur intrinséque de 3000 livres, ce qui fait ensemble pour les *soixante arpens*, la somme de 180000

Les intérêts de cette somme peuvent être évalués à . . . 35000

4°. Au moyen de la réunion sur une même tête de Gouverneur en survivance, des Châteaux de Saint-Germain, et *d'une charge subalterne de*

432000

De l'autre part. . . . 432000 liv.

Maître particulier des Eaux et Forêts, il est de fait que la maison du Gouverneur a retiré depuis longues années, et retire plus particuliérement depuis 1784, plus de vingt-quatre mille livres annuellement en bois de la forêt de S. Germain (*), d'après la basse complaisance du Grand-Maître des Eaux et Forêts, qui est redevable à la protection de cette Maison puissante de la remise qui lui a été faite par un Ministre infidele, d'une somme de cent mille livres, *assure-t-on*, sur le prix principal de sa charge, et de quarante mille liv. sur celui du marc d'or ; ce qui fait pour le compte de cette maison, depuis 1784, la somme de . , ... 120000

Et les intérêts, celle de . . 18200

Total. 570200

(*) Voyez les observations sur le Cahier de la Noblesse de Nemours.

Je

Je passe ici sous silence les droits régaliens dont jouit à Saint-Germain le Gouverneur, par suite des mêmes abus, et au préjudice des habitans de cette Ville ; ceux qu'il perçoit sur les porcs destinés à l'approvisionnement de Paris et des Provinces circonvoisines, dont le produit est au moins de 15000 livres ; les lods et ventes, qui rapportent annuellement de trente à trente-cinq mille livres ; ceux du forage, qui sont encore au profit du Gouverneur, et pour la ville de S. Germain, une charge assez considérable. Tous ces objets ne doivent être ici présentés que *pour mémoire*, parce qu'ils ne doivent rentrer dans la masse des Domaines du Roi, que dans le cas où ils n'auroient pas été échangés et aliénés, ou dans celui où les objets donnés en échange, seroient au-dessous de la valeur des objets échangés.

Je ne parle point encore de *trente mille livres* annuellement allouées au Gouverneur pour les légeres dépenses qu'il peut être obligé de faire lors du retour des chasses du Roi, à l'hôtel de Noailles, et la nourriture des cerfs dont il est chargé, parce que cette somme est peut-être insuffisante pour les deux objets à remplir, parce que cette insuffiance est la cause sans doute pour laquelle la suite du Roi sort toujours avec appétit de chez le Gouverneur, et qu'on n'a vu depuis long-temps aucun cerf poussif dans la forêt de Saint-Germain.

Je ne parle point encore d'un mur construit récemment aux dépens du Roi, dans le jardin du château, dont le moindre inconvénient est de déshonorer une belle allée de maronniers, allignée sur une belle route de la Forêt, et qui formoit un des plus ravissans coups-d'œil du château, parce que cette tache imprimée au jardin, ainsi qu'à la jouissance publique, a eu pour objet de ménager, à une Comtesse chérie, un terrein nécessaire pour augmenter son jardin, parce qu'il étoit bien naturel de sacrifier la jouissance de vingt mille habitans, aux plaisirs et à la satisfaction d'une seule personne, qui vaut tout l'univers, aux yeux de celui *qui voudroit voir l'univers à ses pieds* (*).

Je ne parle point encore des dépenses énormes ordonnées par le Grand-Maître des

(*) M. le Duc d'Ayen.

Eaux et Forêts, pour faire arriver inutilement de Saint-Germain au Château-Duval le surplus des eaux provenant de la riviere du jardin du Gouverneur, parce que ces travaux, suggérés par la plus vile complaisance, et l'ignorance la plus absolue des principes de l'hydraulique, ont été le produit de la reconnoissance du Grand-Maître, qui, après tout, a voulu justifier aux yeux de ses protecteurs, qu'il possédoit la vertu des grandes ames.

Je ne parle point enfin des nouveaux travaux ordonnés par le même personnage pour la construction *d'une faisanderie dans le Bois de Boulogne pendant le mois de Mai dernier, destinée (malgré la pénurie des finances) aux ébats du Prince de Lambesc, le Sabreur des Tuileries*, parce que tous ces objets ne peuvent manquer de faire la matiere des recherches particulieres, qui, en découvrant des horreurs, découvriront aussi des sources abondantes de restitutions et de richesses.

De tout temps l'exemple des Rois influa sur les goûts, les inclinations, les mœurs de leurs Sujets, *Regis ad exemplar totus componitur orbis ;* de tout temps cette influence des grands sur les petits, a été remarquable en France plus que partout ailleurs, et le plus petit des courtisans y a toujours été singé par le moindre de ses laquais.

Il ne paroîtra donc point étonnant, d'après les usurpations du Gouverneur de Saint-Germain, dont je viens de rendre compte, que le plus adroit, comme le plus favorisé de ses Valets, ait élevé ses prétentions déprédatrices à la hauteur de celles de son Maître : un seul mot va justifier ses talens dans l'art de s'enrichir à peu de frais.

Le sieur Gui, celui dont j'ai déja eu occasion de parler, ce Noble de nouvelle fabrique, qui, en cette qualité, a osé figurer parmi la Noblesse, y cabaler même pour être Député à l'Assemblée nationale, malgré ses titres de domesticité, inscrits sur les Registres du lieu de sa naissance, le sieur Gui parvint à convaincre les Officiers des Ecuries du Roi, en 1787, de la nécessité de faire construire des Ecuries pour le service de Sa Majesté : ceux-ci ne tarderent pas à établir cette nécessité aux yeux du Souverain par qui on fit donner les ordres nécessaires.

Le sieur Gui étoit alors réputé propriétaire, depuis douze à quinze ans, d'un terrein, au sommet de la montagne de S. Germain, contenant cinquante perches environ. Il conçut le projet merveilleux de vendre tout-à-la-fois ce terrein, et d'en conserver la propriété ; si le moyen qu'il employa est une preuve de son adresse, il n'en est sûrement pas une de l'intelligence et de l'honnêteté de ceux chargés de la stipulation des intérêts du Roi. Voici tout le jeu du stratagême.

Le sieur Gui s'offrit d'être l'entrepreneur lui-même de l'ouvrage adopté d'après les plans présentés, et il fut agréé. Après la confection des travaux, il représenta que la dépense avoit été excessive, et qu'il seroit ruiné, s'il n'obtenoit pas une indemnité ; *deux cents mille livres* lui furent comptées pour indemnité de cette construction, il doit toucher en outre *vingt-cinq mille livres* annuellement pendant vingt années, après l'expiration desquelles la propriété incommutable du bâtiment lui est attribuée.

Il est de fait, que la construction des nouvelles Ecuries de Saint-Germain, n'excede pas la valeur intrinséque des deux cents mille livres allouées ; le sieur Gui, en les recevant pour indemnité ; a donc reçu le prix de ses avances, c'est donc une somme de *cinq cents mille livres*, qu'il aura reçue pour la location, pendant le même espace de temps, d'un terrein qui auroit produit tout au plus *deux cent liv.* annuellement ; n'y auroit-il pas à rire d'un pareil arrangement, si l'on n'éprouvoit pas un sentiment d'indignation à la vue des abus révoltans qui existent dans les administrations du Roi.

Combien l'indignation contre une pareille opération n'augmenteroit-elle pas, lorsque par la représentation du traité fait avec le sieur Gui, ainsi que des titres qui justifient sa propriété, on verra par ce terrein, ainsi que celui en face, sur lequel il a fait bâtir une maison importante, est un terrein usurpé sur le Roi, et que quand il appartiendroit au sieur Gui ; le prix lui en seroit plus que payé par deux années de la rente de vingt-cinq mille liv. qu'il s'est adroitement fait stipuler ? Il faut en convenir, si de pareils abus restent impunis, je n'en vois plus en France qu'il faille réformer. Pour dissuader le Public, j'engage donc le sieur Gui à présenter son traité......

TROISIEME PARTIE.

D'après l'indication des objets à aliéner que je viens de proposer, comme le moyen principal de combler le déficit de la caisse des bâtimens du Roi, on conçoit facilement que l'administration des bâtimens conservés, et des travaux à faire, ne pourra plus être une administration dispendieuse et compliquée.

1°. La vente des bâtimens inutiles, devant produire bien au-delà de ce qui est nécessaire pour libérer cette administration, l'excédant de cette vente, avec le prix des objets usurpés, doit être exclusivement employé au remboursement des différentes charges existantes dans cette administration, qui sans celà seront toujours une source de déprédations et d'abus. La premiere opération importante à faire, sera donc de connoître à quoi monte la finance des charges des Intendans des bâtimens, quoiqu'il n'en soit gueres au-delà de 100000 l. elles rapportent toutes, au moyen de l'imbroglio ; de quinze à vingt mille liv. Leur suppression seroit déja une très-grande économie, puisque les gages de deux ou trois de ces charges seroient suffisans pour salarier ceux qui les exerceroient par commission.

2°. Une autre opération non moins importante, est de constater, sans aucune équivoque, le déficit actuel de cette administration. Le premier pas pour y parvenir, est, comme je l'ai déja dit, d'appeler tous les créanciers par la voie de l'impression, de se faire représenter le tarif des prix alloués aux Entrepreneurs. J'ai fait remarquer que la hausse des prix étoit la source de la dette considérable dont étoient grévés les bâtimens du Roi, puisqu'il est de fait que ces prix sont d'un tiers au-delà des prix des particuliers. Dès-lors tous les mémoires réglés et à régler, seroient rapprochés, et réduits à ce prix commun ; et la dette, par cette opération, se trouveroit sans injustice diminuée du tiers.

3°. Une troisieme opération à faire, sera de nommer, de nouveau, des Commissaires-Examinateurs et incorruptibles, à l'effet de vérifier et de reconnoître si les dépenses proposées par les Administrateurs, et présentées par eux à la fin des années antérieures pour ouvrages à faire, ont véritablement été faits; et s'ils ont dû l'être pour le compte du Roi : cette recherche, on ne craint point de le dire, opérera encore une diminution très-sensible dans le déficit, en faisant supporter à ceux qui ont profité de ces travaux, la dépense qu'ils auront occasionnée.

Cette recherche sera difficile à faire sans doute pour des travaux anciens ou défigurés, ou même qui n'existent plus; mais dans cette supposition, il y aura toujours à gagner la diminution du tiers du prix sur les mémoires réglés et non soldés, et cet avantage n'est point à négliger.

4°. La réforme ainsi portée dans les travaux antérieurs, il ne s'agit plus que d'introduire un nouvel ordre dans les travaux à faire aux bâtimens et châteaux conservés; mes idées, à ce sujet, seront simples et courtes.

Les dépenses pour l'administration des bâtimens, seront désormais ou fixes, ou éventuelles; les premieres auront pour objet le paiement des gages de toutes les personnes attachées à la direction des bâtimens du Roi. Ces dépenses ne peuvent varier ; ou si elles sont susceptibles de variation, ce ne pourra être qu'en moins, par la raison que le remboursement des charges ne peut manquer d'en opérer une diminution graduelle : il n'y aura donc, dans la suite, aucune incertitude à cet égard.

Quant aux dépenses éventuelles, c'est-à-dire, les constructions nouvelles, les entretiens, réparations à faire aux diverses Maisons royales réservées, il s'agira de faire, au premier Janvier 1790, une estimation et appréciation des plus justes, des dépenses les plus urgentes dans le département, de les faire exécuter par adjudication et au rabais : les deux états de dépenses fixes et éventuelles ainsi connus, il ne s'agira plus que de verser dans la caisse des bâtimens le montant des uns et des autres, cette marche simple et naturelle tarira la source de tous les abus.

Il restera l'article des dépenses imprévues, qui par-là même ne pourront être comprises dans le second état des dépenses. A cet égard il y aura une somme annuellement mise en réserve pour y subvenir ; le compte que l'administration sera tenue de rendre tous les ans, sera composé d'un troisieme chapitre des dépenses imprévues qui seront toutes justifiées par les pieces à l'appui. On rejettera des dépenses imprévues toutes celles qui auront pu se retarder, jusqu'à l'époque où sont arrêtées les dépenses éventuelles, parce que, sans cette précaution, ce troisieme chapitre pourroit être une nouvelle source d'abus; et qu'en fait d'aministration, il est essentiel de n'y pas donner le plus léger prétexte.

Un Voyageur, qui a eu une longue et pénible carriere à parcourir, semble sentir son courage augmenter, ses forces renaître, ses fatigues diminuer, à mesure qu'il approche du terme où il aspire : ma situation est ici à-peu-près la même; plus j'ai d'obstacles à vaincre, d'efforts pénibles à faire, pour ne rien laisser à desirer sur la sincérité de mes aveux, plus je sens ma confiance renaître, plus mon ame éprouve en ce moment de soulagement et de consolation.

Cette satisfaction ne seroit sans doute qu'un foible préjugé de l'indulgence après laquelle j'aspire, si je m'étois borné au pénible aveu de mes erreurs ; mais cet aveu n'a point été stérile : j'ai indiqué des moyens propres à opérer plus de bien, à la Nation dont j'ai démérité, que je ne lui ai fait de mal par mes déprédations ; sur cette idée consolante repose tout mon espoir ; puisse n'être pas illusoire une confiance si bien fondée !

FIN.

ERRATA.

Page 8, ligne 13, *tous les moyens* ; lisez, *tous ces moyens*.

Page 15, ligne 15, *toutes les circonstances* ; lisez, *toutes ces circonstances*.

Page 16, ligne 25, *hausse de prix* ; lisez, *hausse des prix*.

Page 32, ligne 7, *la caisse de bâtimens* ; lisez *la caisse des bâtimens*.

Page 33, ligne derniere, *l'aliénation de bâtimens* ; lisez *l'aliénation des bâtimens*.

www.ingramcontent.com/pod-product-compliance
Ingram Content Group UK Ltd.
Pitfield, Milton Keynes, MK11 3LW, UK
UKHW020348250726
13967UKWH00005B/2174

9 782013 065948